VENTE

Du Vendredi 24 Mai 1912

HOTEL DROUOT, SALLE N° 8

A 4 HEURES

COUPE

EN VERRE ANTIQUE

COMMISSAIRE-PRISEUR

M⁰ HENRI BAUDOIN

Successeur de M. Paul Chevallier

EXPERTS

MM. FEUARDENT

NOTICE

D'UNE

COUPE EN VERRE

ANTIQUE

DONT LA VENTE

PAR SUITE DE DÉCÈS

Et en vertu d'un arrêt de la Cour d'appel de Paris

AURA LIEU, A PARIS

A la requête de M. MARCELLIER, Administrateur Judiciaire

HOTEL DROUOT, SALLE N° 8

Le Vendredi 24 Mai 1912, à 4 heures

COMMISSAIRE-PRISEUR

M° HENRI BAUDOIN, Successeur de M. P. CHEVALLIER

10, rue de la Grange-Batelière

EXPERTS

MM. FEUARDENT, 4, rue de Louvois

Et 66, Great Russell street, LONDRES

EXPOSITION PUBLIQUE

Le Jeudi 23 Mai 1912, de 1 heure 1/2 à 6 heures

Et le jour de la Vente, de 1 heure 1/2 à 4 heures

CONDITIONS DE LA VENTE

Elle sera faite au comptant.

L'adjudicataire paiera *dix pour cent* en sus des enchères.

Paris. — Imp. de l'Art, Ch. Berger, 41, rue de la Victoire.

VERRE ANTIQUE

Petite coupe en verre doublé, avec figurines
en relief.

Haut., 6 centim. — Diam., 77 millim.

Une frise, taillée à la meule, fait le
tour du vase et s'enlève en blanc opaque
sur un fond transparent coloré de bleu
lapis-lazuli.

Au milieu de la composition, une prêtresse est debout, à droite, devant un
terme de Priape. Elle fait le geste an-
tique de la prière, levant le bras droit
et allongeant les doigts ; à la main
gauche elle tient un flambeau. Sa tunique descend jusqu'à terre, et son man-
teau lui sert de voile.

Entre la prêtresse et le terme est
placée une petite table ronde, soutenue
par un balustre et chargée d'un autel
portatif où le feu dévore une pomme
de pin. Une pomme de grenade, une
figue et un troisième fruit gisent sur la
table.

Le terme qui reçoit ces offrandes est
dressé sur un cippe orné d'une grosse

guirlande de fleurs. Il représente le dieu
Priape à mi-corps, nu, ayant la tête du
Silène grec, reconnaissable à sa longue
barbe, à son front chauve et à ses
oreilles de bouc. Généralement, ces
bustes de dieux rustiques, plantés sur
des gaines, s'arrètent à la ceinture ; ici,
on a modelé le corps jusqu'à la nais-
sance des jambes, qui sont coupées, de
même que les bras.

Derrière la prêtresse, une servante
apporte une aiguière et une corbeille
plate, pleine de figues et de pommes
de pin. Elle aussi a pour vêtement une
longue tunique grecque, plissée fine-
ment, sans manches, agrafée sur les
épaules et serrée au bas des seins. Les
cheveux de cette figure sont ramenés
vers le sommet de la tête, où une ban-
delette les retient. Tout en marchant
vers l'autel, elle regarde en arrière, où
se prépare un acte religieux non moins
important que le sacrifice à Priape.

Un immense cratère (sans anses), au
pied godronné, se voit entre cette servante et un jeune satyre qui suspend
un *velum* à une colonnette. Le satyre

n'a qu'un tablier, passé autour des hanches. L'autre bout du *velum* s'accroche à un vieil arbre, un pin, au tronc noueux et dont les branches forment comme un immense parasol. Sous la tenture, une seconde servante, coiffée et drapée comme la première, est agenouillée devant une ciste mystique, en vannerie. Elle relève le drap dont la ciste est couverte, pour prendre les symboles sacrés dont la vue est interdite aux profanes.

Enfin, derrière ce groupe, on voit un âne, attaché à l'une des branches de l'arbre. C'est l'âne priapique, sellé, bridé, avec une clochette au cou. Une sorte de petit trapèze, fixé sur la selle, indique que c'est une selle de femme, destinée évidemment à la prêtresse.

Il s'agit donc d'une scène des mystères bachiques. Priape, on le sait, était le protecteur des vignes et des jardins. C'est sous les traits du Silène bachique qu'il apparaît ici, comme on le représentait du temps des premiers empereurs de Rome. Un grand nombre de fresques, de reliefs, d'autels et d'urnes cinéraires offrent des sujets semblables : le thiase de Bacchus, hommes et femmes, sacrifiant à Priape. Nul autre motif ne convenait mieux à l'ornementation d'un verre à boire.

Le développement du sujet mesure 25 centimètres. Un fil blanc agglutiné entoure la coupe, un peu au-dessous de l'orifice ; la base a pour décor une fleur astéroïde à huit pétales, encadrée dans un double cercle.

Le verre doublé, à deux couleurs, devait, dans la pensée de l'artiste, simuler une pierre précieuse. Aussi, la couche blanche du verre est-elle taillée comme on taille un camée. Les figures sont dessinées avec une patience admirable, modelées comme des pièces d'anatomie, et la finesse précise du détail s'applique aux plissures des draperies ou aux coiffures avec le même soin méticuleux qu'aux objets de vannerie ou à l'écorce et aux nodosités du tronc d'arbre.

Beauté de style, délicatesse de la ciselure, intérêt du sujet et rareté extrême des verres de ce genre : tout se réunit donc pour faire de cette petite coupe une des pièces antiques les plus importantes qui nous soient parvenues. Elle peut remonter à l'époque d'Auguste.

En dehors du vase Portland, du *Vetro blù* de Naples, du balsamaire de Florence et de l'aiguière de Besançon, on ne connaît pas de vase pareil ; encore ces deux derniers sont-ils très mutilés. Des fragments se trouvent plus souvent. Entre le verre du musée de Florence et notre coupe, la parenté est si étroite qu'on les dirait ciselés par la même main.

Les phototypies jointes à cette notice, et qui représentent cette coupe en grandeur naturelle, sur ses quatre faces, permettent de constater qu'elle est d'une conservation exceptionnelle. Elle ne porte qu'une fêlure qui n'altère pas le sujet et qu'on aperçoit à peine. Une partie du verre est couverte d'une jolie irisation argentée.

FRŒHNER.